서정춘 시인

1941년 전남 순천 출생

1968년 〈신아일보〉 신춘문예 당선

1996년 동화출판사 28년 근속

1996년 첫 시집 『죽편』 간행

2001년 시집 『봄, 파르티잔』 간행

2005년 시집 『귀』 간행

2010년 시집 『물방울은 즐겁다』 간행

2013년 시선집 『캘린더 호수』 간행

2016년 시집 『이슬에 사무치다』 간행

2018년 등단 50주년 기념집 『서정춘이라는 시인』 간행

2020년 시집 『하류』 간행

sjc2228@naver.com

랑

b판시선 071

서정춘 시집

랑

도서출판 b

| 시인의 말 |

아하, 누군가가 말했듯이
나도 "시간보다 재능이 모자라 더 짧게는 못 썼소."

| 차 례 |

랑

랑은
이음새가 좋은 말
너랑 나랑 또랑물 소리로 만나서
사랑하기 좋은 말

홍매설紅梅說

첫, 보시기에

꽃도

불이시니

불티 먹은

꽃가지에

불이시라

남의 님

넘보듯

불콰하시니

지난날

물불 없이

사르다 간

불이시라

번개와 詩

어떤 번개는
우레 소리 받아서
한두 줄 쳐대다가 곧잘
타버린 습성이 있다
놓친 시구詩句처럼

귀버섯

고목살이 귀붙이의 좀비다
여기저기 더더귀더더귀
죽어도 죽어 사는 샤먼이다
나는 귀 버섯으로 띄어 쓰고
버섯만 따서 와버렸다

딱따구리

너는 먼 나라에서 왔을라
너는 말더듬이 말다듬이
너는 나무 종이 기둥에
시를 새기는 시인
딱끄르르 딱그래 따그르르 딱,
쓰다 만 시 한 줄

아픈 꽃

어린이는 꽃으로도 때리지 말랬는데, 맞고도 틀렸다
그 꽃도 아플 터라

낯짝

어느 날의 ㅈ신문의 기획 기사 지면에 내 낯짝 사진을 찍힌 대로 내놓고 그 사진 전문기자 권혁재는 "얄궂게도 하회탈을 닮았다"고 썼는데 아이갸나! 나는 입 째지게 웃었나니,

나무 귀

드릴러, 딱따구리의 이빨 나간 소리였다

듣다 말다 멍, 뚫린 나무 귀가 있었다

비백
—은어잡이 황갑철

저것이냐
자네 흘림체 먹물에서 보았던 흰점박이 飛白
내리내리 섬진강 내린 물을 은장도 빛깔의 은어 떼가 차오를 때 보이는 飛白
저 역류의 힘!

* 개작: 2010, 「흘림」. 2013, 제목 개작 「飛白」. 2023, 내용 개작.

피아노랑

〈피아노랑〉은 피아니스트 박지나 님이 서정춘의 시 「랑」에서 영감을 얻어 여러 또랑물 소리를 모시고 연주 동아리 이름을 지은 거다

정녕, 랑은 이음새가 긴 온음표 같은 것

돌과 새 1

돌에 눌린 새라니요
한글박이 시인의 눈에
저러한 뿐새가 서름해설랑
돌은 들내놓고
새를 건드려
한글 나라 소리로 훨
날려 버릴까를 궁리 중입니다요

돌과 새 2

어떤 새는 돌직구로 날아와
멍때리기 노릇 좀 그만두시라고
시인 방 유리창을 때려서 마른
번갯불을 쳐놓고 나가떨어졌습니다
혼불 이름으로 나가떨어졌습니다

피붙이

아흔 살 다 된 할머니가 눈 준 바늘귀에 실을 꿰어
옷가지의 헌 데를 깁으면서 실오라기 하나도 낡은 옷의
피붙이라 했느니,

극락과 천당

나 안 간다

거기까지가

여기까지다

시인 케이

가을 하늘
위에는 다른 하늘이 없고
천사는 눈이 부셔 보이지 않는다
먼 나라 아내를 부르며
낙엽 쌓인 산책길을
바삭바삭 걷고 있다
얇은 귀를 세우며
바삐바삐 걷고 있다
아내가 없는 부엌에
누가 와 있는 듯이,

축일

가을 한낮, 마루 밑 짚 더미에 첫 알을 슬그머니 낳아 놓고 뜻밖의 벼슬자리 걸음마냥 마당을 나와설랑 꼬꼬댁을 힘차게 질러대는 닭님에게 경배를!

고요살이 1번지

가서는, 돌아오지 않은 메아리들이
도르르 고사리순에
말려 있는
그곳

짓거리

어느 가문 날 밤의 꿈이더라

나는 양동이를 달랑 들고 급수차 꽁무니를 쫓았더라

헉, 헉,

헉, 헉, 급수 물을 받으려 바장이며 줄지어 서 있더라

아까부터 눌까 말까 마렵던 오줌발이 터질세라

곧이곧 양동이를 갖다 대고 싸버렸더라

잉

전라도 순천 어머니가 서울 사는 아들에게 전화를 하면서 아가 온 나라가 난리통이다잉 밥은 집에서만 묵고 다녀라잉 마스크는 꼭꼭 눌러쓰고 다녀라잉 사람들 모닥거린 데는 쳐다보지도 마라잉 이래잉 저래잉 잉잉대는 꽃벌의 날짓 소리 같은,

풍월 1

시가 뭐야요
아무것도 아닌 아무거야요

시인은 누구야요
소리 없는 혁명가야요

풍월 2

—김삿갓 풍으로

구공탄
흙덩이

장례비
구백 원

다비장
아궁지

1960

1960년대 돈 쓰고 군대 안 간 친구가 신검에서 몸무게 부실로 제2을종 판정을 받았던 나에게 왜 군이 지원병 입대를 했느냐는 물음에 2025년 오늘 답하다

배고파서!

그날

2016년 10월 26일부터였다
광화문 촛불 혁명 광장에서
내 촛불이 힘껏 빛나 보였을 때
나여, 그날만은 비로소 시인이었다

三曲

나

너

우리는

맑고 높은 소리의

트라이앵글입니다

팽이를 치다

나여
억울할 때마다
팽이를 쳐라
도돌이표
팽이 하나
냅다 돌려놓고
날래 후려쳐라
날랜 채찍질로
매운맛을 보여라
치면 칠수록
억울억울 꼴리는
저 억울!

그 여울목

여기서는 말이다

누가 여기까지 와서 어굴어굴 가글가글 물고문 소리로 울고 갔다더라 그가 물이 된 눈물로 몸을 씻고 어딜 가나 어히 가나 물굿을 벌이다가 흐지부지 흘러갔다더라

겨울 반딧불이

야간 중학 제1학년 겨울밤 공부를 뒤로하고 외등 하나 없는 귀갓길 골목에서였습니다 덜덜거린 나의 종종걸음 앞으로 가물거린 불빛 하나이 다가와 문풍지처럼 떨리는 아버지의 외마디 목소리는 “아가!”였습니다

향불 앞에서

오늘따라 아버지 제상의 향불 타는 연기가 나에게는 마른 말똥 타는 냄새로 싫을 것이 없는 것은 차마 아버지의 한평생인 마부의 몸 냄새라 우겨보는 데 있다

항아리經

항아리는 말한다
세상의 어머니들
자식들에게
피, 서 말 몇 되
흰 젖, 몇 섬 몇 말
그것 다 비웠다고
저만큼 텅 빈 항아리는 말한다

반가사유상

저 다리하며 그 무릎 위에
턱 괴고 앉았기로
천년 시름이겠구나
진즉에 그 자리가 내 자리였을라,

末生

어느 날도 대나무가 즐비한 오솔길의 끝자락에
빈 오두막 한 채를 보아 온 적 있나니
이승살이 끝난 뒤 그 집 찾아 들어가
도로 아미타불 빈털터리 목탁도 때리며
대나무 나이로 한 백 살 가까이 살아볼 거다
불경 같은 불경스런 시를 쓰면서,

랑

초판 1쇄 발행 2025년 04월 22일

지은이 서정춘
펴낸이 조기조
펴낸곳 도서출판 b

등 록 2003년 2월 24일 (제2023-000100호)
주 소 서울시 금천구 가산디지털2로 169-23 1501-2호
전 화 02-6293-7070(대) 팩시밀리 02-6293-8080
이메일 bbooks@naver.com 홈페이지 b-book.co.kr

ISBN 979-11-92986-37-1 03810
값_12,000원

b판시선

001 남북주민보고서 하종오 시집
002 세계의 시간 하종오 시집
003 봄눈 김병섭 시집
004 신강화학파 하종오 시집
005 초저녁 하종오 시집
006 어느 수인에게 보내는 편지 조삼현 시집
007 오지 조수옥 시집
008 국경 없는 농장 하종오 시집
009 파랑 또는 파란 송태웅 시집
010 그 남자는 무엇으로 사는가 이승철 시집
011 땅고風으로 그러므로 희극적으로 이철송 시집
012 봄바람, 은여우 이은봉 시집
013 신강화학파 12분파 하종오 시집
014 웃음과 울음의 순서 하종오 시집
015 그대는 분노로 오시라 한국작가회의 자유실천위원회 편
016 세월호는 아직도 항해 중이다 교육문예창작회 시집
017 나는 보리밭으로 갈 것이다 조길성 시집
018 겨울 촛불집회 준비물에 관한 상상 하종오 시집
019 숲의 상형문자 고명섭 시집
020 낟알의 숨 신언관 시집
021 죽음에 다가가는 절차 하종오 시집
022 오후가 가지런한 이유 고선주 시집
023 쌍둥이 할아버지의 노래 김준태 시집
024 세상 모든 사랑은 붉어라 김명지 시집
025 꽃꿈을 꾸다 이 권 시집
026 회색빛 베어지다 박선욱 시집
027 슬픔아 놀자 최기종 시집
028 신강화학파 33인 하종오 시집
029 돌모루 구렁이가 우는 날에는 윤일균 시집
030 제주 예멘 하종오 시집
031 물골, 그 집 최성수 시집
032 돈이라는 문제 하종오 시집
033 암마뚜마 김병섭 시집
034 죽은 시인의 사회 하종오 시집
035 외가 가는 길, 홀아비바람꽃 김태수 시집
036 자갈자갈 표성배 시집